ANTI
Anti-Vampir-
Sicherheitskräfte
VAMPIRE SAFTY FORCE

My Dear Curse-casting Vampiress

Chisaki Kanai

2

Aus dem Japanischen von Antje Bockel

Inhalt

Kapitel 5 — 005

Kapitel 6 — 041

Kapitel 7 — 075

Kapitel 8 — 117

Kapitel 7.5 — 159

Kapitel 9 — 169

Charaktere

Die legendäre »Vampirkillerin« ist selbst eine Vampirin und tötet andere Vampire durch Verfluchen. Nachdem sie lange Zeit von den Menschen gefangen gehalten worden war, weil sie sich vor ihr fürchteten, wurde sie von Isuzu befreit und arbeitet nun mit ihm in einem Team.

Ehemaliger Kommandant der Anti-Vampir-Sicherheitskräfte. Zusammen mit Baroque erhält er den Auftrag, ganz Japan von Vampiren zu säubern. Aus unbekannten Gründen kann er sich nur an Dinge erinnern, die innerhalb des letzten Jahres passiert sind, und es gibt niemanden, der ihn aus der Zeit vor seinem Gedächtnisverlust kennt.

Vampirduo das Isuzu und Baroque angegriffen hat. Betrachten sich als Schwestern. Ruby, die Ältere, möchte Baroque zu ihrer neuen kleinen Schwester machen und greift sie hartnäckig an, während die jüngere Tsukuyomi Geschmack an Isuzus Blut gefunden hat und plant, ihn als Sklaven zu halten.

Verteidigungsminister. Hält Baroque und Isuzu für eine starke Streitmacht und hat sie mit der Ausrottung aller Vampire in Japan beauftragt. Darüber hinaus glaubt er an Baroques Zuneigung zu Isuzu und befiehlt ihm, zu einem »Halsband« zu werden, das sowohl Baroques Körper als auch ihr Herz steuern kann.

My Dear

Vampiress

Der Partner, mit dem man durch eine »Beziehung« verbunden ist...
Mein Liebs-ter!
Aaaaaah!
Für eine solche Verbindung gibt es mit Sicher-heit...
... keinen Ersatz.

Kapitel 5

Für mich als Menschen, der keine Erinnerungen hat...
... existieren solche Verbindungen nicht.
Ich denke immerzu darüber nach, wie ich...
... ein Zuhause für mich erschaffen kann.
Ich wollte jemand sein, der nützlich ist...
... jemand, den man für alles einsetzen kann...
Ich wollte mit jedem »befreundet« sein.

Truppenführer Isuzu!
Ich geh mit Ihnen laufen!
Isuzu!
Du warst schon wieder so waghalsig!
Ich habe eine Möglichkeit gefunden, all diese liebenswerten Menschen...
... die versuchen, sich um mich zu kümmern, obwohl sie bestimmt Wichtigeres zu tun hätten...
... vor den Vampiren zu beschützen.
Die Vampirkillerin »Baroque«.
Nur ich kann diese Aufgabe erledigen.
Es gibt eine Linie, die ich überschreiten kann, auch wenn die anderen es nicht können.
Ich bin frei.
Selbst wenn man mich verfolgt, selbst wenn ich getötet werde...

511
Osaka
... jeder könnte mich ersetzen.
Ich werde Baroque entführen.
Es war eine gute Zeit...
... Kommandant der 1. Einheit der 7. Kompanie der A-VSF zu sein.
Osaka
TSCHUPP
Osaka
Versprich, dass du nicht auf eigene Faust verschwindest.

Versprich mir das, Isuzu!
Baroque…!

Ra...
Gaaaaah
Aaaaaaah
Ah!
Gaaaaah
BO
BO
BOFF
Du bist aufgewacht!
Gaaah aaah!
Wie schön!
Gah
ZUCK
Hi...
ZUCK
Gh

Ein normaler Mensch wäre gestorben, wenn er von einem Stahlrohr durchbohrt wird!
Was für ein Glück, dass du so eine starke Lebenskraft besitzt!
Ich hab mir deinen Mantel geliehen...
WUSCH
PASCHHHH
UGH!
Äh...
Moment ...
Was passiert hier...?!
BRENN...
Ugh!
SCHM
ERZ
PACK
He, nicht doch...
... warte!
!

GNN
Warte,
du brauchst
keine Angst
zu haben!

?!
Ich habe
deine
Wunde
versiegelt!
Wenn du
dich bewegst,
geht sie
wieder auf.
Wenn du
noch mehr
Blut verlierst,
stirbst du!
BUBUMM
BUBUMM

!
ZAPP
Wer bist du überhaupt …?
Ähm…
… ich bin… Tsukuyomi.
Ich möchte mit dir… eine »Familie« werden.
Hm?!

…?! Nee, oder…?! Meine Güte, dieses Blut…
… ist ja unfassbar köstlich…!!
PRESS
Du bist mein absoluter Favorit!
Ich habe sofort gespürt, dass das Schicksal ist!
Ja!
Du und ich, wir sind definitiv miteinander verbunden…!
HUZU
Durch den »roten Faden«!
LLIMM
Was faselt sie da?

Komm schon! Du musst mein Haustier werden!
Haustier?!
Ich bade dich abends, und vor dem Schlafengehen streichle ich dich!
Ruby werde ich schon überzeugen, keine Sorge! Meine Schwester hat eine Schwäche für ihre Familie!
Das soll wohl ein Witz sein.
Ich habe nicht vor... bei deinen Puppenspielchen mitzumachen.
Gibt es hier irgendwas, das ich als Waffe verwenden könnte...?
Puppenspielchen?
HMMMMM
Na gut, vielleicht war das für die erste Begegnung etwas zu direkt...
Ähm...
Okay, also...

Was muss ich tun, um deine...
... echte Familie zu werden?
Echte...

Lass uns zusammen eine Beziehung aufbauen, ja?
Wenn wir nicht sofort eine Familie werden können...
... können wir ja zuerst Freunde sein...!
Eine echte Familie...
Echte Freunde...
Ich kenne das ja selber nicht so richtig...
BUBUMM
BUBUMM
Weißt du es?
Wenn ich diese Hand ergreife...

BOFF
Huäh
DZU
Ah!
ST
Hä?
Ich soll mit einem Monster befreundet sein, das Menschen tötet, ohne mit der Wimper zu zucken?
GAS
RIOT CONTROL
PLING
Nö, danke!

PSCHHHHHHH
Warte!
Auaaaaaa!
Das ist dieses Zeug, bei dem die Schleimhäute so wehtun…
ST
!
GRABB
Ich hab ihn!

RUPF
RUPF
ZURÜCKWEICH
Iiih...!
Bääääääh!
Das kann doch nicht wahr sein?! Er wirft in Sekundenschnelle seine Kopfhaut ab?!

Warte!
Du stirbst, wenn du...
... dich bewegst!
Mit dieser Verletzung kann ich nicht fliehen...
Na gut...
... wie kann ich meinen Körper... in diesem Zustand noch einsetzen?
F: Kann ich meine Gegnerin mit in den Tod nehmen?
No
F: Wenn ich mich von ihr töten ließe, könnte mein Tod für den Kampf gegen die Vampire dann wertvolle Daten liefern?
No
F: Kann ich ihr eine schwere Verletzung zufügen?
Isuzu!
Versprich es mir bitte!

Überleben hat oberste Priorität!
BA
KONK
Hä?
KNI

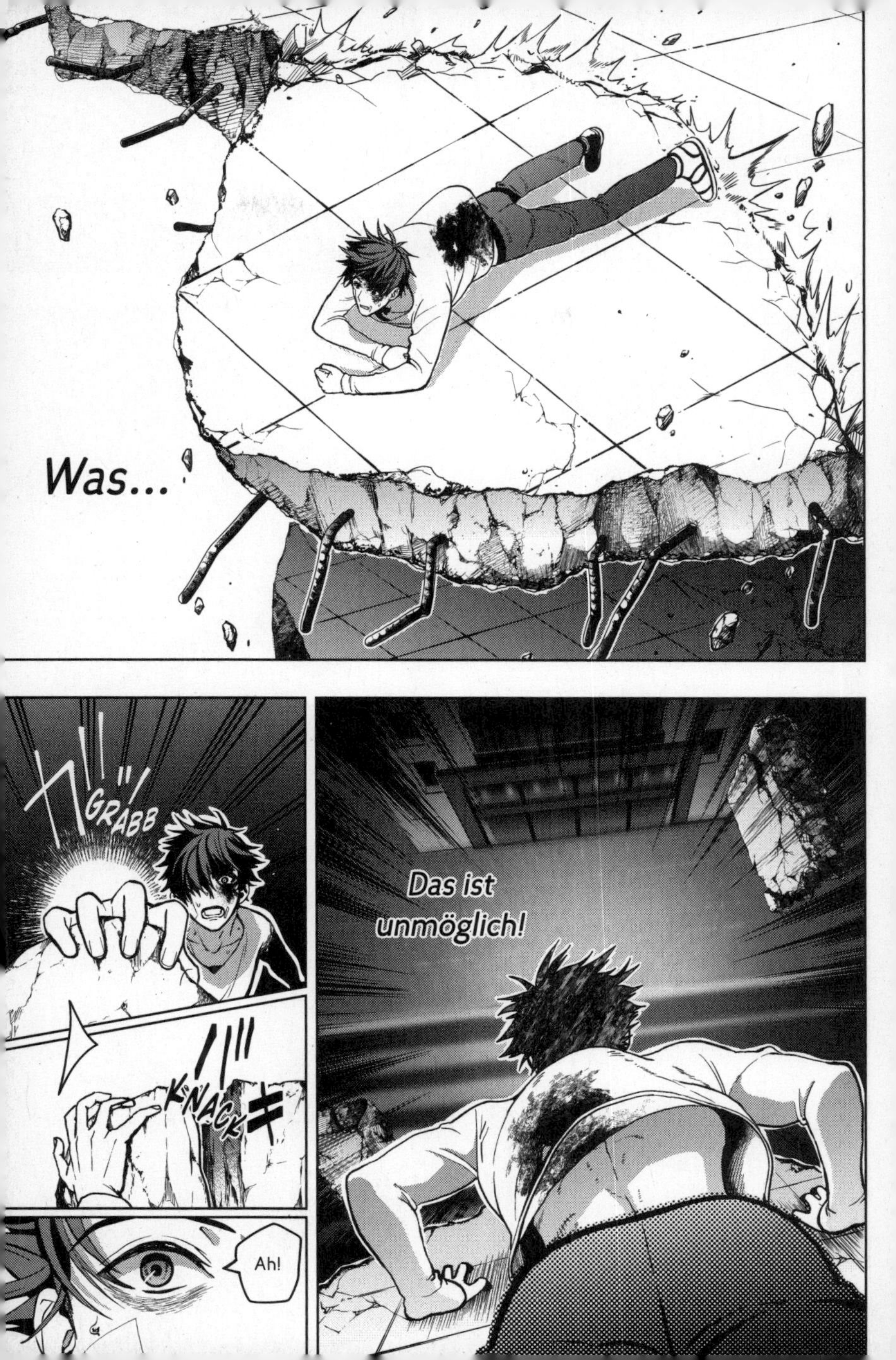
Was...
GRABB
Das ist unmöglich!
KNACK
Ah!

KRA
CH
Ein Vampir wurde registriert.
Achtung! Es besteht Einsturzgefahr! Achtung!
Begeben Sie sich zur nächsten Rettungsstelle.
BAUMELN
I...Ich lebe...
BUBB
He, Baroque!
BUBB

KEIF
Warum redest du mit dem Mann, der eben bei dir war...
SCHIMPF
... und mit mir redest du nicht?
Das ist die Stimme der anderen Vampirin...!
Hast du mit diesem Mann etwa *Schmuddelzeug* gemacht?!
WOMM
?!
Ha?!
Ha?!
Was brüllt sie da?
Bist du deshalb nett zu ihm, weil ihr etwas miteinander habt?!
Baroque! Liebst du...
... diese Kreatur etwa?!
Halt dein vulgäres Mundwerk!
WOMM

Zwischen ihm und mir gibt es weder eine Liebesbeziehung noch Liebesgefühle!
Nicht im Entfernntesten!

Nanu...?
Ich verhalte mich zwar manchmal so...
... um ihn zu beschützen, aber...
... wir sind...
... nichts weiter als ein Team, das gemeinsam Vampire bekämpft!
Ah...
Hat sie etwa eine Beziehung vorgetäuscht, in der ich unersetzlich bin...
... damit ich nicht beseitigt werde...?
Du bist der Erste, der mich...
... an seiner Seite haben möchte...
... Isuzu Osaka.
Hör auf, ihn zu beleidigen.
Er würde doch niemals eine Beziehung mit mir eingehen.
Ach so?!
Dann gehört ihm also weder...
... dein Herz noch dein Körper!

So,...
... sollte es eigentlich sein...
Hm?

* verschwommenes Gesicht, weil sie sich schon nicht mehr an ihn erinnert
unbe-wusst
PLIIING
Äh?
Baroque hat versucht, mich zu beschützen, ohne dass ich es mitbe-kommen habe.
Was ich im Moment für Baroque empfinde...
... ist reine Dankbarkeit.
Oder sollte es zumindest sein...

Was ist
das für
ein...

... schwer-mütiges Gefühl?
Du guckst wie einer, der einen Korb bekommen hat...
... bevor er sich überhaupt offenbaren konnte.

Du Armer!
Ist sie schuld daran, dass du so ein Gesicht machst?
War Baroques roter Schicksalsfaden...
... nicht mit dir verbunden...?
Sag schon ...
Wer hat dich im Stich gelassen?

Warum bist du ins nächtliche Tokyo gekommen, wo es so gefährlich ist?
Macht sich niemand um dich Sorgen?
Interessiert sich niemand für dich?
Du armer Kerl!
Ich lasse dich nicht allein!

Selbst wenn es so wäre...
Du bist es definitiv nicht!

I...
SCHMERZ...
Ich gebe mir solche Mühe und werde dennoch abgewiesen?

Ist er lebens-müde?
Wenn ich ihn loslasse, ist er tot!
Sein Körper ist ein Wrack...
Er ist nichts weiter als ein Wurm!
KEUCH
KEUCH
Und trotz-dem...

... grübelt er immer noch über eine Stra-tegie nach, wie er mir die Stirn bieten kann!
Er ist echt...
HAAACH
... zäh.
Es ist ihm ganz egal, welche Figur er dabei macht...
Jetzt reizt es mich noch mehr, ihn rumzu-kriegen!
N... Na gut, dann...

BUBUMMM
BUBUMM
... ent- scheide dich: Ich oder...
... der Tod!
?!
ZAPP

F: Welche Unterwäsche magst du?

My Dear Curse-casting Vampiress

Ver-
dammt
...
Sie will
mich zu ihrem
Haussklaven
machen!
Ugh!
Ugh!
Gibt es keinen
anderne Weg, um
zu überleben?
Aber...
... es kommt
mir so vor,
als würde ich
dann das Recht
verlieren...
... an
Baroques
Seite zu
stehen!
Hey...
... darf
ich mal auf
die Probe
stellen...
?1
... wie lange
du deine
Sturheit
durchziehst?
Dabei behandle
ich Haustiere
so gut!
?

Kapitel 6

Ich oder...
... der Tod!
Such dir aus, was dir lieber ist!
Hä?!
ZISCH
Du weißt, wie du diesen Sturz über-leben kannst, nicht wahr?
Wenn du dich für mich entscheidest, ruf einfach meinen Namen!

Ruf einfach ...
... meinen Namen!
!
Niemals!
Das sagt sein Gesicht.
Haaach...
Aber ich habe ge- wonnen!
Denn ich weiß...
... dass du jemand bist, der unter allen Umständen...
... über- leben will!

Ich habe meinen Stolz über Bord geworfen!
Macht sie ständig.
Ruf meinen Namen!
Ich habe nur noch ein par Sekunden, bis ich auf dem Boden aufpralle.
Baroque kämpft gerade gegen die andere Vampirin.
»Ich werde mich auf keinen Fall freiwillig für den Tod entscheiden.«
Um mein Versprechen zu halten, habe ich nur eine Wahl…
SPÄH

Ich danke dir...
... dass du mich entkommen lassen hast!
WACK
SKRRRRTSCHHHHHH
Kh!

FH!
TAMM!
Ich glaube es nicht...
Er will den Baum als Sprungkissen benutzen?!

Wie bitte?!
Bist du wirklich ein Mensch??
Stolz
Bin ich etwa so unattraktiv, dass du mich so drastisch zurückweist?!
Was für ein Kerl!
Sturkopf!
WACK

WUSCH
Jetzt ent-
scheide dich
endlich für
mich!
Hiermit
zerstöre ich
die Stelle, wo
du landen
wolltest!
ZISCH

TONK
Er hat das Betonstück benutzt, um sich abzusto-ßen?!
Aber so, wird er auf die Straße stürzen...

?!
Er will auf der Ladeflä-che landen?!
Hä?!
Nanu?
Nanu?!
Der Baum war nur ein Bluff und eigentlich war sein Ziel der Lkw?!
Was für eine krasse Stunt-Show!!
Sehr gut! So komm ich hier weg...
Moment...

Selbst wenn ich ihr entkom-me...
... wer...
... soll sich denn dann...
... um sie kümmern?
ANTI
Ich muss sie...
... vor den Vampiren beschützen!
ZACK

Du bist schon so weit gekommen!
Gh!
SCHEPPER
Du musst etwas finden!
Einen Weg, wie du sie aufhalten kannst!

PLOPP
?

FRÖSTEL
Wa...Was ist das...
... für ein Frösteln?!
Der Erbauer ist nur ein zweitklassiger Magier.
Mehr als elektrostatische Entladung passiert da nicht.
Das heißt, wenn ein »erstklassiger« Magier diesen Kegel gebaut hätte...
!

Alles oder Nichts!
Was mach ich denn jetzt?
ÄCHZ
SCHWITZ
Tsuu-kuuu-yooo-miii!!!
!

Komm zu mir!

TAMM
HAAACH
Man sieht ihm an, dass er irgendwas im Schilde führt!
Egal...
Ich komme!
BUBUMM
BUBUMM

BWU
SCHHHHH
Hm?

KREISCH!

Bei einem erstklassigen Magier...
... wäre mir zumindest der Arm weggerissen worden.
Es ist so, wie Baroque gesagt hat...
Dieses Kreuz...
Was...
... passiert gerade...?
Gerade warst du noch kurz davor, den Löffel abzugeben, und jetzt besiegst du mich?
Fantastisch... Du bist wirklich fantastisch!

Dieses Gefühl...
Bin ich etwa ver-
liebt?!

Geschafft!
Es ist mir gelungen, sie auszuschalten...!
Allerdings werde ich auf den Asphalt klatschen...!
Schaffe ich es, mich abzurollen...?!

Ba-
roque!
GGGH

BSSSSS
TONK...
PLADDER
Ba...
roque...
TROPF
TROPF
HH
Du hast
dich dafür
entschieden, zu
überleben.

Du hast dein Versprechen gehalten.
SCHMIEG
Guter Junge...
!
Du darfst auf keinen Fall sterben!
Ich bin sehr extrem in meinen Vorlieben und Abneigungen...
HOPP

Ich will niemanden sonst an meiner Seite außer dir.

Dann sind wir eben nicht mit dem roten Schicksalsfaden miteinander verbunden...
Ich glaube trotzdem...

... dass ich mich in Baroque verliebt habe!

BRATT
BRATT
BRATT
Baroque und Isuzu Osaka…
… sind beide am Leben!
!

Rückzugsbefehl von Verteidigungsminister Sakaki.
!
BRATT
BRATT
BRATT
Isuzu Osaka ist schwer verletzt…
Baroque hat beide Arme verloren.
Isuzu!
Könnt ihr noch ein bisschen warten, bevor ihr mich einsammelt?
Baroque…?
?!

VUUUUUU
VUUUUUU
Du entkommst mir nicht, Baroque…
Die Entscheidung ist längst gefallen.
?!
Ich muss nur noch die Leiche mit nach Hause nehmen.

Kapitel 7

Die Vampirin bewegt sich hierher…
… und sprengt auf dem Weg Gebäude in die Luft!
Du entkommst mir nicht, Baroque! ♡
W…
Willst du damit sagen, du bleibst alleine hier und kämpfst?!
ZETER
Das ist doch nur ein Vorwand, um abzuhauen!
Außerdem hast du gegen dieses…
… Sprengstofflager auf zwei Beinen doch gar keine Cha…
Aber…
MOTZ

Den Moment, wenn der Feind zu Boden geht!
... sehen würdet ihr es auch gerne, oder?
!
!
Das...
... ist ja wohl logisch.
!
!
Du wirst sie besiegen, nicht wahr, Baroque?
GNH

Sieh genau hin, Isuzu!
BRAKK
BRAKK
BRAKK
Du bist also nicht geflohen…
Huch, was ist denn mit deinen Armen passiert?

Was hast du denn nur gemacht, als du mich zurückgelassen hast?
Und...? Hast du dich entschlossen, meine kleine Schwester zu werden?
Ich habe gewartet, um dich zu töten.
Du?! Eine Vampirin mit durchschnittlicher Regenerations-fähigkeit und Kampfkraft?

Falls du mit deiner Kraft, aufgrund derer du...
... Vampirkillerin genannt wirst, bisher geknausert hast...
GOO
O
OOO
... dann zeig jetzt, was du wirklich draufhast!
DAMM
DAMM
DAMM

BATSCH
!
Kracks
Kricks

HAPP
RATSCH
GH
TONK
Ah!
TONK
Mo-
ment
mal!
SEUFZ
Ich bin
enttäuscht!

HIT & AWAY
Ist das die berüchtigte Vampirkillerin?
Einen Arm oder ein Bein abreißen und dann verschwinden, mehr fällt dir nicht ein?
Optisch bist du voll mein Typ, aber dein Männergeschmack ist eine Katastrophe...
Schwächlinge kann ich in meiner Familie nicht gebrauchen!
Was? Du willst mich anfassen...?
Tsukuyomi ist meine einzige Schwester...
ZUCK
Aber...
... warum greift sie meine Arme und Beine an, obwohl das gar nichts bringt?
Es ist fast, als würde sie sie sammeln...

BOFF
Egal!
Interessiert mich nicht, was diese Versagerin macht!
GOOOOO
Wenn sie schon mal in Reichweite ist...
ZWUSCH
... dann nehme ich eben nur ihren Kopf mit nach Hause...

WOCK
... und
bastle mir
einen Smart-
phonehalter
daraus!

WOOOMM
ドオー…

Fliehen zu wollen ist zwecklos, Baroque!
Dann fackle ich dich zusammen mit der ganzen Stadt ab!

Shibuya ist ein Flammenmeer...
Was...
... können wir da noch machen?
BOFF
Wo bist du, Baroque?
SPÄH
SPÄH
Du bist mir aber nicht schon abgenippelt, oder?

ボボ
BOBOFF
ボボ
BOBOFF
Schwarze Flammen?

ぶん
SCHÜTTEL
Das Feuer geht nicht aus...
SCHÜTTEL
ぶん
!
ダ
DAMM
Das ist kein normales Feuer!
Ist das etwa...
!

Hiii...!
Was ist denn das...?!!

BUBB BUBB
Wie ekelhaft ...!
Ist das Baroques Werk?!
ST
ZAPPEL
Hat sie mir meine Gliedmaßen abgerissen... um das da zu fabrizieren...?!
GRABBEL
Es sind zwar meine Körperte le, aber es ist trotzdem widerwärtig...
Es... greift mich aber nicht an...!
Was hat sie vor...?
?

Die Stelle, an der es brennt...
... ist dieselbe wie bei mir...?
!
BUBB
I... Ich habe vor langer Zeit dieses Gerücht gehört...
BUBB
... dass es eine andere Methode gibt als Sonnenlicht oder Zerstören des Herzens...
Eine extrem ungewöhnliche Methode, Vampire zu töten...

Hiii!
Meine Haut wird schwarz ...?!
VERRÖSTEN
Ist das etwa...
DZZ DZZ DZZ DZZ
... ein »Fluch«?!
ZISCH
ZACK

DOMM
Uh!
DZU
Bei einem gewöhnlichen Vampir reicht für die Aktivierung eine Hand, aber...
... bei »Fluchbesessenen« ist es jedes Mal ein Haufen Arbeit...
Ich konnte ihr nicht ausweichen, weil mein Körper so schwerfällig ist...
Ugh!
Ist das ein Fluchangriff...?
...ker!
?

Das ist ein extrem sensationeller...
... Balance Breaker!!
?
Balance was?
Unter den Menschen sind Fluchmagier sehr selten...
... aber dass auch Vampire Flüche anwenden können, wusste ich nicht!
Du musst einfach meine kleine Schwester werden!
UR
Ich tausche dich gegen Tsukuyomi aus und setze dich als Stammbesetzung ein!
STÜRM
Man tritt doch nicht in die Familie seines Feindes ein!
!

Warum schlägst du dich auf die Seite der Menschen?
!
BOFF
BO
BO
ゴオオ
LODER
Die Menschen sind schwach und...
... greifen uns immer sofort an. Sie jagen uns!
Die richtige Antwort darauf ist, eine Vampir-Community aufzubauen.
Die Menschen sind unsere Feinde!
Der Meinung bin ich auch.
Hä?

DAMM
Vampire und Menschen passen nicht zusammen.
Wie oft wir auch auf sie zugehen und sagen, dass wir sie nicht fressen und nicht verfluchen...
... sie betrachten uns von vornherein als Feinde und lassen einen Dialog überhaupt nicht zu.
SCHLI
TTER
Ganz genau! Niemand ist bereit...
... den Worten eines Vampirs Gehör zu schenken.

Selbst wenn es hin und wieder Menschen gibt, die freundlich sind...
... das sind dann meist Leute, die dich wie eine Gott-heit verehren...
... und sich in Roboter verwandeln, die alles tun, was du ihnen sagst...
Sie sehen nur das Prädikat »Vampir«...
Es gibt keinen Men-schen, der uns so sieht, »wie wir sind«.
Darum lass doch diesen Gnom und werde meine Schwester...
All diese frustrieren-den Um-stände...

... hat Isuzu über den Haufen geworfen.
Gh!
Er sieht nicht die »Feindin« oder die »Vampir-killerin«...
... wenn er mit mir re-det, sondern nur »mich«.
RÖCHEL

Ob Mensch oder Vampir, spielt keine Rolle.
Ich brauche nur Isuzu.
WOMM
HH
HH
Ist das...
HH
... etwa mein Ende?

Mein Traum ist...
... »mit meiner wunderbaren Familie...
... liebevoll zusammenzuleben«.
Vater! Mutter!
Ich würde meine kleine Schwester niemals beißen!
Glaubt mir... auch wenn ich kein Mensch mehr bin...
Ich liebe euch...!

Der Grund, dass ich nicht bei meiner Familie bleiben konnte...
... war, dass sie »Menschen« sind und ich ein »Vampir«.
KRITZEL KRITZEL
Deshalb war es »nicht zu ändern«.
Ich wollte mir statt meiner echten Familie...
... eine Vampirfamilie aufbauen, aber sie...
»Ob Mensch oder Vampir, spielt keine Rolle.«

Es fühlt sich an, als wären alle meine bisherigen...
... Entschei-dungen ins Lächerliche gezogen worden.
Dieses Mädchen...

... darf mich auf keinen Fall kleinkrie-gen!
GRAPP
Du dürftest dich gar nicht mehr bewegen können...!

?!
KLIRR
WOMM
!

GRA
GRAA
UAAAAAAAH

PANH
!
!
!
V... Voll-treffer!
Holt sie schnell hoch! Sie verbrennt sonst!

BOFF

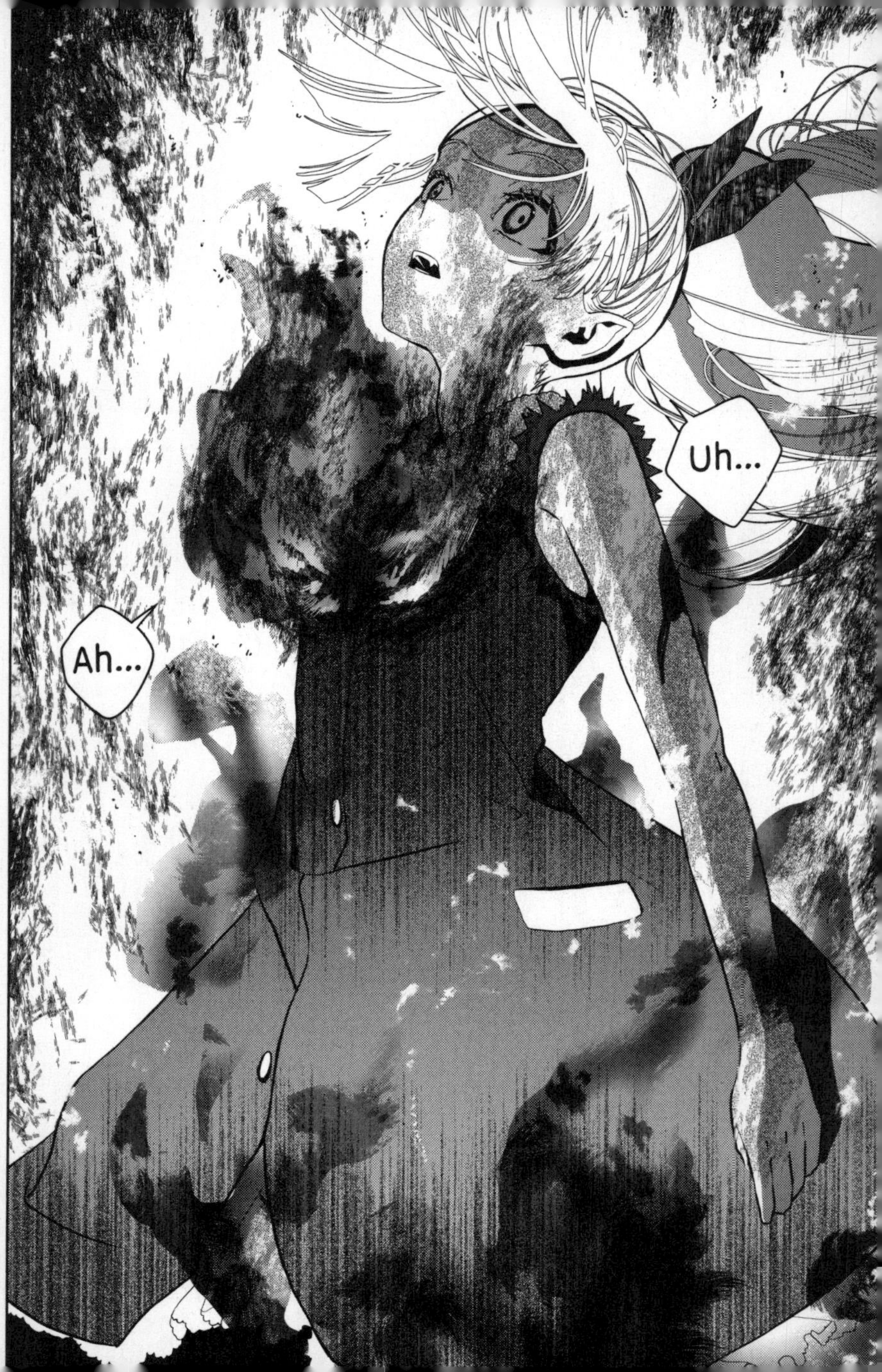
Uh...
Ah...

!
FLA
TSCH
Du wirst jetzt von mir...
... zu einem Fluchwerkzeug verarbeitet...
... das mir helfen wird, Vampire zu töten.
HH
Ach, tat-sächlich.
HH
Selbst wenn du aus mir ein Werkzeug machst... ob es dir auch gehorchen wird?
HH
Für wen hältst du mich?

Du wirst mein bevorzugtes Werkzeug sein, versprochen.
Gut, dann...

Ruhe in Frieden...
... Ruby.
... mach aus mir das hübscheste Werkzeug von allen.

AAAAH!
WÄÄÄÄH!
Schwester...
Es hat mir unglaublichen Spaß gemacht...
... deine ...
... Schwester sein zu dürfen, Ruby...!
Es nützt überhaupt nichts, wenn ich herumheule.
Ich habe endlich etwas gefunden...
... das ich haben will!

Ich sorge dafür, dass du dich in mich ver-liebst!
Hmm
Aber...
... ich hab irgendwie das Gefühl, ich hab dein Blut schon mal...
... irgendwo getrunken.

My Dear Curse-casting Vampiress

Direkt nach dem Kampf in Shibuya...
Isu-zu!
Bis spä-ter!
... wurde ich ins Krankenhaus gebracht. Seitdem sind zwei Wochen vergangen...
Mit anderen Worten...
BUBUMM
Haaa...
... puuu-uh!
TOCK
BUBUMM
Seit mir klar geworden ist, dass ich Gefühle für Baroque habe...
... s...sehe ich sie heute zum ersten Mal wieder ...!
...
BUBUMM
HAAAAH
PUUUUH
BUBUMM
Ba...!
Baroque, ich bin's, Isuzu Osaka! Ent-schuldi...
BUBUMM
KLACK

Kapitel 8

Will-
kom...
...men
...
!
?!!
カァァァ
ERRÖÖÖT
... zu
Hau...
...se
...

Der Tag, an dem Isuzu aus der Klinik entlassen wurde

VVVH
VVVH
Hajime Sakaki
Ist es in Ordnung, wenn ich drangehe?
Äh, ja!
VVVH
VVVH
Verteidigungs-minister Sakaki, was haben Sie mit Baroque angestellt…
Freu dich, Osaka. Das ist zur Feier deiner Entlassung aus dem Kranken-haus.
Bitte?

Ich habe Baroque gesagt…
… dass Sie sich nicht freuen werden, wenn sie Ihnen in einer allzu schlichten Aufmachung…
… die Tür öffnet.
Was?!
Kurzum…
Sie hat sich auf eigene Faust ein Outfit ausgesucht und angezogen.
B… Baroque?!
Der Mann mit den Katzenaugen hat gesagt, solche Kleider wären jetzt modern…
WIRBEL
Ich… geh mich umziehen…
Äh? Ah!
Den Kussauftrag in Shibuya haben Sie ja wohl vermasselt.
Urcks.
Sie bekommen sie auf dem Silbertablett serviert!
Was diesen Auftrag betrifft… ich möchte ihn ablehnen.
Warte… bitte!
!
GNH

Ich möchte dich noch ein wenig länger...
... in diesem Kleid sehen... Baroque!
Hä?
ERRÖÖÖT
unmenschliche Laute
Was rede ich denn hier?!
E...Entschuldigung, dein Arm...
Kein Problem! Ich habe mich wieder vollständig regeneriert ...
Und du... kannst mittlerweile auch wieder ohne Krücken laufen!
!
Ähm... ich konnte es eben nicht anständig sagen, deshalb... noch einmal...

Willkommen zu Hause …
… Isuzu.

Sie hat es extra noch einmal gesagt...
Um mich zu begrü-ßen...

B...Bin wieder da...
... Baroque!
Ich nehme dein Gepäck!
D...Danke, geht schon!

In dem einen Jahr, an das ich mich erinnern kann...
... habe ich eigentlich die ganze Zeit allein gelebt.
Wie lebt man zu zweit zusammen...?
Und dann noch...
... mit der Person, in die man einseitig verliebt ist?
Alltägliches
unge-öffnete Kartons
...
unge-öffnete Kartons
Haushalts-utensilien
Alltäglich
Hast du dich in der Wohnung schon einge-wöhnt?
Na ja... ähm... tatsächlich habe ich mich nicht zurechtgefun-den... und darauf gewartet, dass du... aus dem Krankenhaus kommst...
Kleidun
Na dann...
Wollen wir zusammen auf Expedition gehen?
Äh?

Für zwei Personen ist die Wohnung ziemlich groß…
Anscheinend ist das hier der private unterirdische Schutzraum des arroganten Mannes mit den Katzenaugen.
Das hier gehört Sakaki?!
Ich muss mich später bei ihm bedanken…
Das ist nicht nötig. Schließlich stehen wir hier unter Hausarrest.
Ähm… Das Bett…
Ich habe gesucht, aber es gibt nur dieses eine…
…

Ich schlafe auf dem Boden.
Äh, nein?! Sie brauchen unbedingt Schlaf!
Eine neue Quest! Finde innerhalb eines Tages einen Futon!
Kleidung
Ein Schlafsack kommt nicht infrage. Entweder ein Futon oder wir schlafen zusammen im Bett.
Aber...
Das kann ich nicht!
Später fanden sie einen vakuumierten Futon. Quest absolviert.
Es gibt kaltes und warmes Wasser!
Ah!
Das hier ist toll, Baroque!

Damit werden die Handtücher ganz flauschig!
Mit dem Trommelsystem wird die Wäsche richtig schön trocken! Und da man sie nicht zum Trocknen aufhängen muss, vermeidet man auch den speziellen Geruch in einem Zimmer mit getrockneter Kleidung!
Es handelt sich um das allerneueste Modell, deshalb wird die Kleidung auch nicht so stark strapaziert wie bei älteren Modellen.
LABER DOZIER LABER
Bist du Haushaltsgerätefan, Isuzu?
Könntest du mal die Spülung betätigen?
Ich möchte überprüfen, ob man draußen etwas hört!
Für dieses Zimmer können wir uns noch gemeinsam eine Verwendung überlegen!
Ja!
Hmm...
Hier ist ja einiges installiert!

Kameras und Wanzen.
Im Alltag möchte sie bestimmt nicht so stark überwacht werden...
Sollen wir ein paar davon abmontieren?
Kein Problem. Mir macht das nichts aus.
Hä?!
Wie klein...
Ja...
Es ist mir egal...
... wer mich ansieht. Außer bei dir.
Alle anderen außer dir...
... sind für mich quasi Insekten.
In welchem Sinne??
?!
Wir haben die Lebensmittel nicht in den Kühlschrank eingeräumt!
Mist!
Die verderblichen Sachen!

Lecker!
Curryreis
TEA
COFFEE
COFFEE
CUP
TUNA?
TUNA?
TUNA?
Peyoung Sauce Bratn
Peyoung Sauce Bratn
Corned Beef
Corned Beef
Lachs
Lachs
Lachs
KLAPP
!
Warum sind Konserven im Kühlschrank?
Baroque ...?
Ich kenne mich nicht so gut aus... mit den Lebensmitteln der Menschen...
Ich wollte nicht, dass sie verderben...
Ähm...
Das war offenbar falsch.
!
Ah!
Nein, ähm...
Sie hat sich auch in meiner Abwesenheit...
... meinetwegen Gedanken gemacht...?

Die Vampirin Baroque...
... hat an mich, den Menschen, gedacht...
Lachs
SABA
... und das hier extra für mich gemacht...
Das war überhaupt nicht falsch!
Ich freue mich, dass du an mich gedacht hast!
Ich muss darauf achten, so etwas nicht zu übersehen...
!

Da ist ja gar kein Feuer!
Ja.
Man erhitzt mit Wärme, die durch Strom erzeugt wird.
Wenn du drauffasst, verbrennst du dich.
Messer habe ich nirgendwo gefunden.
Bratgemüse
Ja.
Das bedeutet wohl, gefährliche Gegenstände sind tabu.
Aber mit vorgeschnittenen Zutaten komme ich schon zurecht.
Ich... wollte dich eigentlich pflegen...
... aber jetzt kann ich das gar nicht...
Weil du alles alleine machst...
M...Mich pflegen?!
Ach, deshalb hast du dich so angezogen!!
Isuzu... gib mir irgendeine Aufgabe, ja?
Hmm...
Eine Aufgabe...
Eine Aufgabe? Okay...
Willst du vielleicht alleine...
... das Hauptgericht zubereiten?
Hähnchenschenkel
Hä?!
Ich soll kochen?
Keine Angst!

Es ist ganz einfach.
Du legst die Schenkel mit der Haut nach unten in die Pfanne und brätst sie an.
Äh?
Uh!
Ah!
Als Nächstes...
... rupfst du Salzpflaumen auseinander und fügst sie hinzu.
So?!
ZUPF
Genau so!
Jetzt gießt du Kochwein in die Pfanne, bis das Fleisch zu einem Viertel bedeckt ist.
HA HAH
Sag Stopp!
Lach nicht!
GLUCK GLUCK
Jetzt muss es nur noch kochen, bis es ganz durch ist.
Bitte wende das Fleisch von Zeit zu Zeit, damit der Geschmack sich gleichmäßig verteilt.
Das ist ja alles ziemlich beliebig...
Ist das in Ordnung so?
FH FH
FH
Wirklich?!
Hauptsächlich geht es darum, das Fleisch in dem Alkohol zu kochen, da können die Mengen ruhig ein bisschen ungenau sein.
Zum Schluss Gewürze.

DAMPF
Ta-da!
Also...
Hm? Isst ein erwachse-ner Mann...
... so viel?
Guten Appetit!
KNURPS
Ähm... u...und...
NOMM NOMM

Es ist köstlich!
Das freut mich sehr!
Immer wenn du das essen willst...
... lass es mich bitte übernehmen, ja?
BLA BLA
Apro-pos...
Seit dem Kampf in Shibuya...
Vampire verschwinden aus der Stadt
0 Tote
Sieg der
Live
Verteidigungsminister Sakaki
Pressekonferenz
... hat es anscheinend viel weniger Angriffe durch Vampire gegeben.
Ja...
Ich vermute, sie warten ab, was wir als Nächstes machen.
Wie eine Schlange, deren Bau bloßgelegt wurde.
Verstehe... Ich hätte gerne eine Idee, wie wir als Nächstes vorgehen, so-lang sie sich zurückhalten...
Mach dir keine Sorgen.

Ich glaube, dass Ruby ein noch stärkeres Fluchwerkzeug wird...
... als ich gedacht habe.
Was mich allerdings ein bisschen beschäftigt...
... ist die Frau, die dich von dem Gebäude gestoßen hat.
Sie wurde nicht gefunden, oder?
Nein... Und?
Es ist seltsam.
Wenn sie noch lebt, obwohl der Einfluss des Fetischs sie getroffen hat...
?

So wirksam war das Ding...?
FRÖSTEL
Was zum Teufel war das für ein Kreuz...?
Es war ein Fetisch, der dem Schrein gewidmet war.
Gh!
Ruby hat den Schrein zerstört und den Fetisch freigelassen...
?!
»Fetisch« ...
Handelt es sich dabei nicht um ein Werkzeug, das von einem erstklassigen Magier hergestellt wurde?
Ein »Werkzeug« ist ein Werkzeug, weil man es steuern kann.
Fetische versprühen wahllos Flüche.
Sie sind ein »Desaster«.
Wieso bewahrt man so etwas Gefährliches in einem Schrein auf...?
Das ist nicht ungewöhnlich.

In Schreinen werden nicht nur Gotthei-ten...
... sondern auch Flüche, Krankheiten und negative Kräfte ange-betet...
Das ist ihr Geschäfts-modell.
Dieser Fetisch hatte ziemlich viel böse Energie aus dem Boden aufgesaugt.
Eine nicht nur oberflächli-che Berührung mit ihm sollte ein Vampir eigentlich nicht überleben.
Komm nicht auf dumme Ideen, Isuzu!
Uh!
Fetische für die Vampirausrottung zu verwenden wäre glatter Selbstmord.
Du hast dein Versprechen nicht verges-sen, oder?
Ich hab verstanden, Baroque.

FSCHLLL
Ich weiß nicht, warum Isuzu immer gleich so unvorsichtig handeln muss!
MURMEL MURMEL
Er ist doch gerade erst entlassen worden!
Ich möchte ...
... dass er sich wenigstens heute mal...
HH
... gründlich...
... ausr ...
TORKEL

TONK
Ich wusste es doch...
Du hast kein Blut getrunken, stimmt's?
!
Jetzt bist du an der Reihe...
... mit Abend- essen.

HH
Isuzu, wieso...
HH
Sakaki hat mir gesagt, dass du die ganze Zeit kein Blut getrunken hast.
HH
Ich will kein Blut von jemandem trinken... dem ich nicht vertrauen kann...
HH
Wie ist es mit meinem Blut?
Nein!
ZACK
HH
Ich wollte, dass du ...
... dich heute ausruhst...
HH

Dein Körper hat sich...
... gerade erst erholt...
... und ich will ihn nicht gleich wieder schwächen...
ST
!

Ich habe gut gegessen.
Selbst wenn du mein Blut trinkst, werde ich nicht umkippen.
Die Bisswunde von neulich...
... ist wieder völlig verheilt.
Ich bin ganz traurig, dass...
... der Abdruck deiner Zähne nicht mehr da ist.

Du
Idiot…
HAPP

!
Ein Glück …
Sie war die ganze Zeit so munter…
… dass ich vielleicht gar nichts gemerkt hätte, hätte ich nicht gewusst, dass sie kein Blut getrunken hat…
Ich muss wirklich aufpassen…
Trink.
SAUG
RIESEL
!

LECK
HAUH!
Ugh!
ZACK
Was? Hat es weh-getan?
Was war das für ein Laut...?!
KLAPP KLAPP
Nein... alles gut.
Wirk-lich?

Isuzu...
... wenn ich zu weit gehe, musst du mit mich stoppen...
Ich...
... habe mich gerade nicht unter Kontrolle ...!
Verdammt. Ich bin nicht sicher, ob mir...
... das gelingen wird.

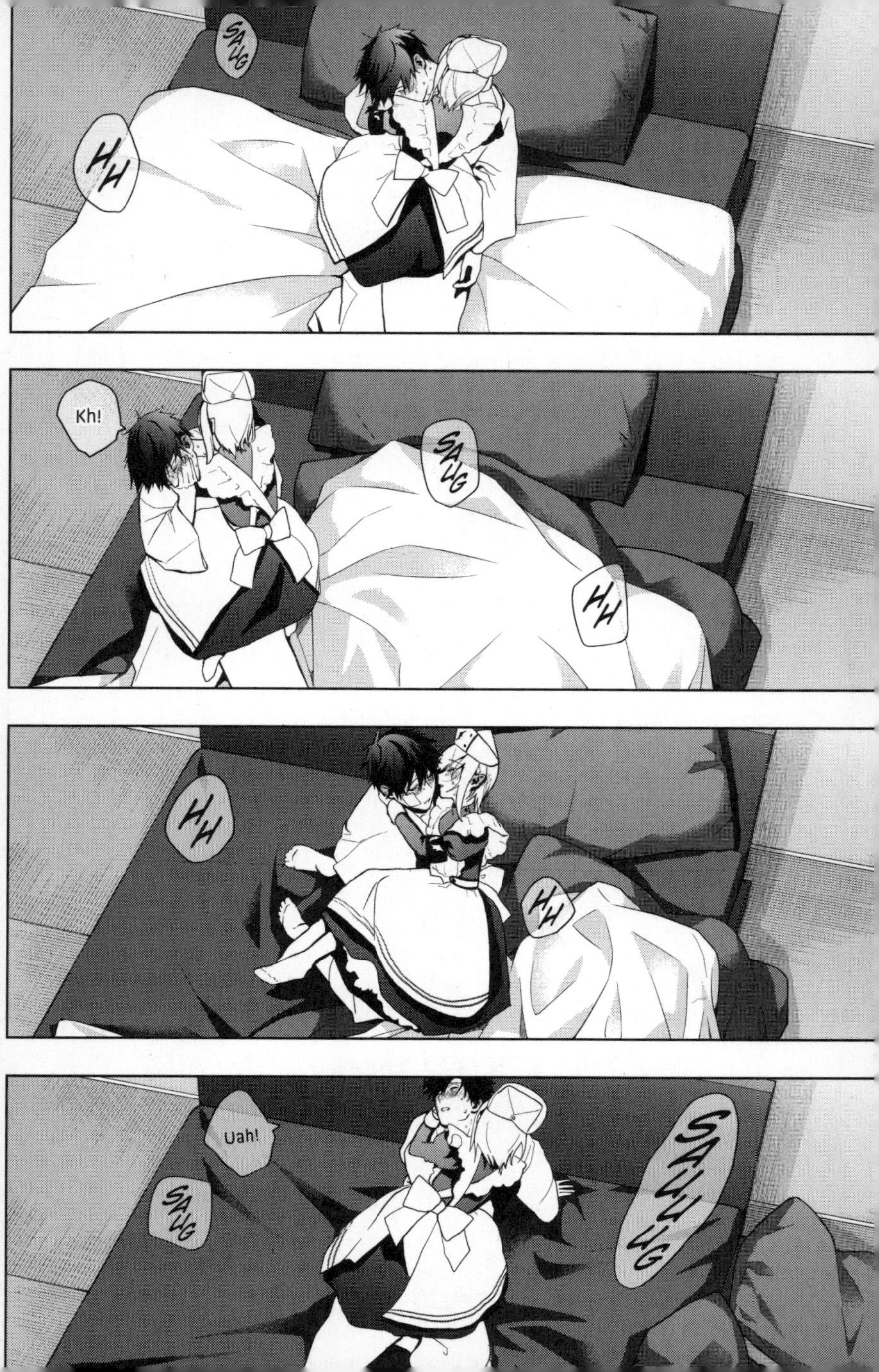
SAUG
HH
SAUG
Kh!
HH
HH
HH
SAUUUG
Uah!
SAUG

SCHWANK
Allmählich... wird mir etwas schwindlig...
Ich muss ihr sagen, dass sie aufhören muss...
DUSEL
TAPP
TAPP
SCHRECK
Ah!
Ent-schuldi-gung!

Ba-
roque
...
... wollen
wir eine
kleine Pause
machen?
...
!
V...
Vielen...
... Dank
...
... Isuzu!

TOCK
REIB
REIB
REIB
Isuzu ...
Vielen Dank ...
DUSEL
ST

MURMEL
Du bist so süß...
Äh?
はた。
BLAMM

Nanu? Stimmt da irgendwas nicht mit meinem Distanzgefühl? Was hab ich da gerade getan?!
Du bist bestimmt erschöpft!
Möchtest du vielleicht jetzt ins Bett gehen?
Ja, das werde ich wohl tun.
Ich habe ja da drüben meinen Futon.
Also...

Haushalts-
utensilien
Haushalts-
utensilien
Kleidung
Ah!
Sie ist garan-
tiert... ange-
widert...
Uh!
Aah...
Ah!

BUBUMM
BUBUMM
Selbst wenn ich sein Blut trinke...
BUBUMM
... findet Isuzu mich süß...
Leute!
Baroque!
Warum redest du nicht mit mir?
Wir haben heute nur ein Diskussions-thema.

MURMEL
Bei dem Vorfall in Shibuya...
ST
MURMEL
... ist eine Betrügerin aufgetaucht, die sich als...
... Baroque ausgibt!
MURMEL
MURMEL
Ich hab sie im Video gesehen...
... diese Vampirin, die Baroque genannt wird!
Dabei ist dies hier und niemand sonst...
... »Baroque«!!
Niemand darf Baroques Namen beschmutzen!
Single Take
Foto
Video
Mehr
1x
Die Betrügerin muss weg!
Tötet sie!
Tötet sie!
Tötet sie!

Isuzu Osakas Entlassung aus dem Krankenhaus
- aus Baroques Sicht
KAUER
...
Kapitel 7,5
Wenn du von deinem Liebsten getrennt bist...
... bist du wie eine leblose Puppe.
SCHLUCK
STILLE
Osaka wird in ein paar Minuten hier sein.
?!

Er wurde entlassen und ist mit dem Auto unterwegs hierher.
Zieh dich um, du siehst uncool aus.
?!
»Jetzt«?!
Ba-roque!
Ja, in wenigen Minuten!
?!
Du bist eine legendäre Schönheit!
ZUCK
Ich habe dir angesagte Kleidung besorgt.
WOMM
Wenn ihm nach zwei Wochen Abwesenheit ein schlicht gekleidetes und melancholisches Mädchen die Tür aufmacht...
... wird sich Osaka nicht freuen.
KLACK
BLAMM
...。

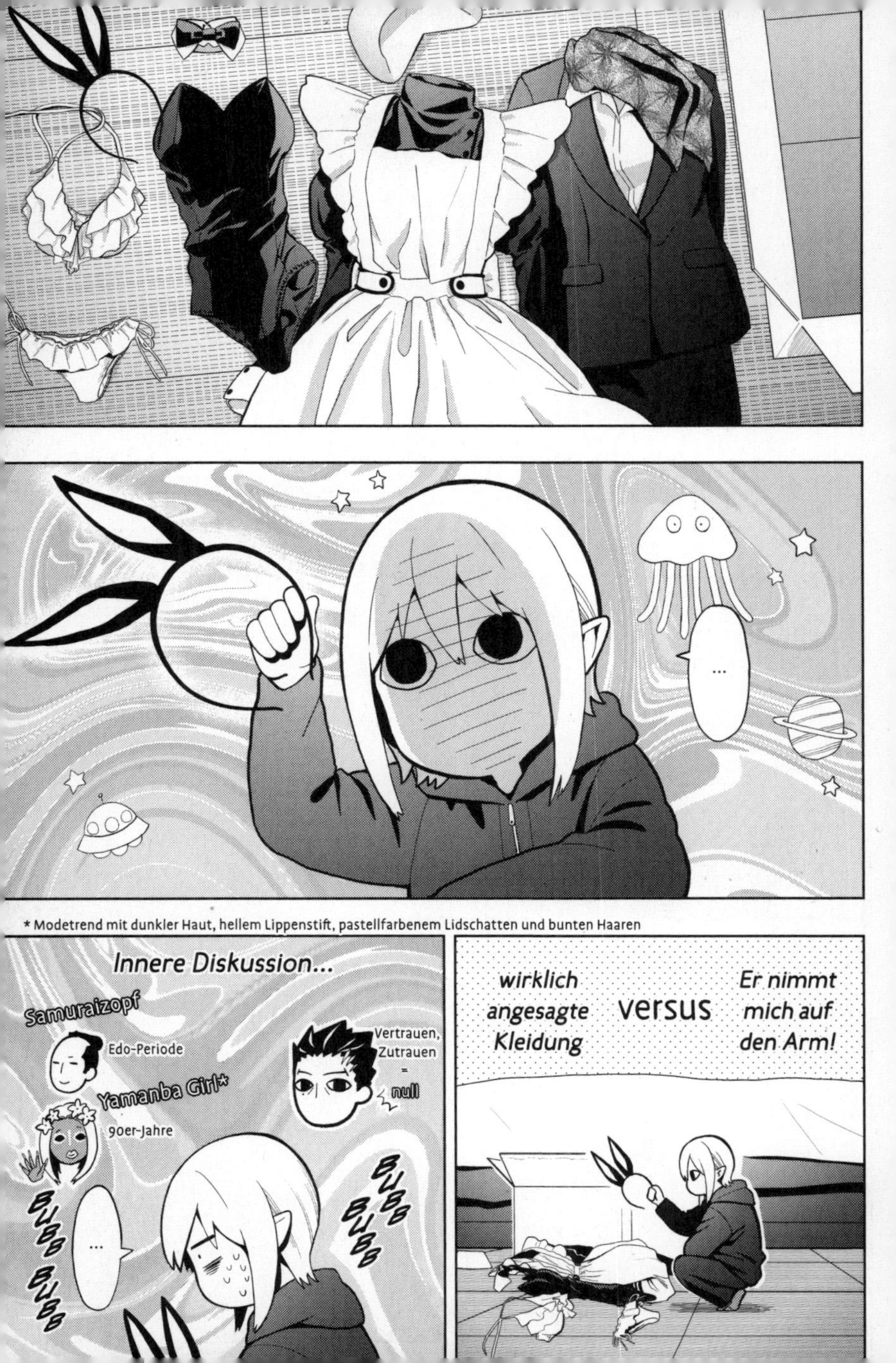
...
* Modetrend mit dunkler Haut, hellem Lippenstift, pastellfarbenem Lidschatten und bunten Haaren
Er nimmt mich auf den Arm!
versus
wirklich angesagte Kleidung
Innere Diskussion...
Vertrauen, Zutrauen = null
Samuraizopf
Edo-Periode
Yamanba Girl*
90er-Jahre
BUBB BUBB BUBB
...
BUBB BUBB BUBB

Auf Wieder-sehen…
… Ba-roque!
…
Wenn ihm ein schlicht gekleidetes und melancholi-sches Mädchen die Tür auf-macht…
… wird sich Osaka nicht freuen.
Wenn Isuzu sich darüber freut…
… dann ist es vielleicht okay, wenn ich mich umziehe …
MURMEL

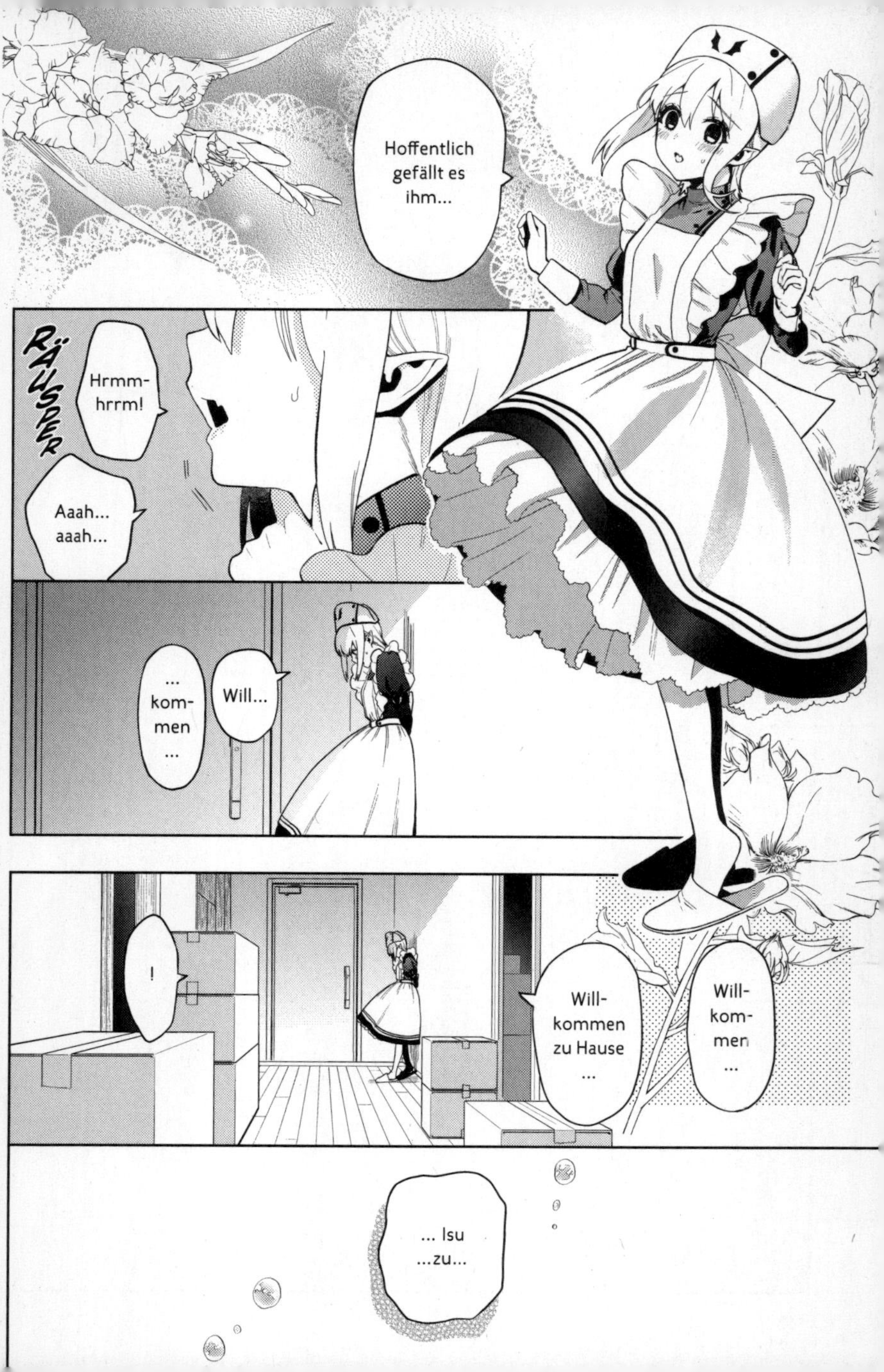
Hoffentlich gefällt es ihm...
RÄUSPER
Hrmm-hrrm!
Aaah... aaah...
Will...
... kom-men ...
Will-kom-men ...
Will-kommen zu Hause ...
!
... Isu ...zu...

Ich bin so froh...
... dass du wieder gesund bist...
... und dass ich... dich wieder-sehe...
BIBIEP
!
KLACK

Baroque, ich bin's, Isuzu Osaka! Entschuldi...
!
Ah!
Wi...
Will-ko...
ERRÖÖÖ
Will-kom...
...men
...
?
TÖÖÖÖÖ
... zu Hau...
...se...

Während Isuzus Klinikaufenthalt

My Dear Curse-casting

Vampiress

Ich bin so aufgeregt!
LÄRM
Ich bin gespannt!
DRÄNGEL
DRÄNGEL
Also, Leute!
Baroque ist zu uns gekommen!
WA A AA AA AA H
Baroooque!
Baroque!
Baroooque!

Jetzt?
Ich gehe gerade von der Schule nach Hause.
Keine Sorge!
Achtung, Vampire!
Bitte nach 17.00 Uhr nicht mehr im Freien aufhalten.
Der »Baroque«, der an unserer Schule ist...
... ist nämlich der »echte«.
Er beschützt uns, damit wir...
... nicht von Vampiren angegriffen werden.
Genau!
Wegen der Vampire ist ja alles weggefallen! Keine Konzerte, keine Feste...

Dank Baroque ...
... müssen wir jetzt nicht mehr auf alles verzichten, was unsere Jugend-zeit ausmacht!
Die Nacht ist so auf-regend!
Das habe ich lange nicht mehr gespürt!
Ah...
Mein Akku ist gleich leer... Also dann! Danke!
ST
Ah...

Kapitel 9
Das ist Wahnsinn...
Wieder das Werk eines Vampirs?

Yu-kaaaa!
Neiiiin!
立入禁止
Hey...
Da...
Keep out
Dear BAROQUE
»Liebe Baroque«

PANG
PANG
Der Schießübungsstand des Verteidigungsministeriums
PANG
PANG
PUH
Du hast aber fleißig geübt, Isuzu!
Entschuldige, dass du warten musstest...
... Baroque.

Bist du fertig mit deiner Erledigung?
Nein, ich mache mich jetzt erst auf den Weg.
Was ist das für eine Kiste?
Ich habe sie speziell verarbeiten lassen.
»Ruby« ist darin.
Was? Diese Vampirin aus Shibuya?
Ja, der Wildfang.
Baroque macht aus Vampirleichen Fluchwerkzeuge...
Das heißt, der Inhalt dieser Kiste ist aus Rubys Leichnam hergestellt...
KRUK

Ein neues Fluchwerkzeug?
KLAPP
Ein Edelstein?
Was für eine schöne Farbe...
Ich hatte mir eher Knochen oder Blut vorgestellt...
???
...

Weißt du...
... dass Edelsteine auch aus Leichen entstehen?
Hab ich noch nie gehört...
Wenn Tierkadaver verbrennen, werden sie zu Asche.
organische Substanz
Asche
Kohlenstoff
Diamant
Indem man der Asche nur den Kohlenstoff entnimmt und den gesammelten Kohlenstoff hoher Hitze und hohem Druck aussetzt...
... gewinnt man durch Kristallisation den Diamanten.
Ah!
Ich habe gehört, es gibt auch »Diamantbestattungen«.
Man kann solche Diamanten auch aus gewöhnlichen Vampiren herstellen, aber für den Aufwand...
... sind sie eher fragil und schwierig in der Anwendung.
Aber bei einer Fluchbesessenen...

KLINGEL
... besitzt der Diamant eine außergewöhnliche Schönheit und Stärke.
...

GRINS
Ich bin ziemlich zufrieden mit dem Ergebnis.
Schau?
Nhg!
DJUU
...
Ja!
Warum hat das so lange gedauert?
?
Gaaaanz ruhig bleiben!!
* Das Trauma aus Kapitel 8
Du bist so süß...
Was?
Baroque ...
... Osaka!
Verteidigungsminister Sakaki!
Das Briefing startet. Kommt mit.
!

Eine Oberschülerin wurde aufgespießt und getötet.
Tatort ist der Uhrenturm in einem Stadtpark.
Wir gehen davon aus, dass der Täter sie zuerst mit einem Schlag auf den Kopf betäubt...
... anschließend ihr Herz mit einer pfahlähnlichen Waffe durchbohrt...
... und sie dann auf dem Uhrenturm aufgespießt hat...
Am Tatort wurde eine Botschaft hinterlassen...
... vermutlich vom Mörder selbst.
?!

Dear BAROQUE
»Liebe Baroque« …
Baroque …
… hast du irgendetwas mit dem Verbrechen zu tun?
Ich weiß nichts von der Tat und auch nicht, wer der Täter ist.
Außerdem habe ich alle minderwertigen Vampire eliminiert.
Verstehe.
Er akzeptiert es einfach.
Dann weiß vielleicht »die andere Seite« einfach nur…
… wer du bist.

Da ist er!
Wie schön er ist!
Waaaah!
Gött-lich...!
Baroque!
Baroooooque!
Was ist denn das?!
KNARR

Dieses Video befand sich auf dem Handy des Opfers.
Das ist eine Schulsporthalle, nicht wahr?
Ein Vampir... wird von den Schülern...
... angehimmelt?
Dieser Vampir, der auch »Baroque« genannt wird...
... ist offenbar eine Art Guru.
Auf dem Oberschenkel der getöteten Schülerin fanden sich Bissspuren von einem Vampir.
Es scheint, dass er die Schüler auf irgendeine Weise für sich eingenommen...
... und die Schule zu seiner Futterstelle gemacht hat.
Dieser »Guru Baroque«...
... hat die Schülerin ermordet, um mit unserer Baroque in Kontakt zu treten...
Das ist meine Meinung.
...

Entschuldigung, da ist etwas, das ich nicht verstehe...
Warum hat der »Guru Baroque«...
... jemanden getötet, der zu seiner Anhängerschaft gehört?
Sie meinen, das Opfer ...
... wurde mit Absicht ausgesucht...?
Ja...
Ich habe den Eindruck...

Wenn er einfach nur gesehen werden wollte...
... hätte es auch die Möglichkeit gegeben, die Stadt anzugreifen, so wie Ruby.
WOOOMM
Aber er hat extra jemanden aus seiner Anhängerschaft getötet...
Das ist ein hoher Preis.
Eine Umgebung, in der er sich gesichert ernähren kann, ohne jagen zu müssen...
... ist für einen Vampir extrem kostbar.
Wäre ich an seiner Stelle, dann würde ich auf keinen Fall das Risiko eingehen, dass die Polizei...
... auf mich aufmerksam wird.
Osaka, sagen Sie frei heraus, was Sie denken.

Der Mord an der Schülerin...
... ist mögli-cherweise von einem anderen Täter...
... als von diesem »Guru Baroque« begangen worden.
Das ist doch Unsinn ...
Das... kann nicht...
MURMEL
MURMEL
Aber wenn dem so wäre...

... dann besteht die Gefahr, dass es weitere Opfer geben wird!
KNARR
Wir müssen sofort in die Schule.
Die Schulleitung lehnt es ab, Außenstehende in die Schule zu lassen.
?
Was ...
KLACK
KLACK
Zum Wohl der mentalen Gesundheit der Schülerschaft...
... wurden lediglich polizeiliche Ermittlungen gestattet.
Untersuchungen durch die A-VSF wurden abgelehnt.
Was ist mit dem Video von dem Guru?
Die Schüler und der Rektor haben ausgesagt, es handle sich um ein Fake-Video.
Aber... können wir die Schule denn nicht irgendwie untersuchen?
KLACK
Eine Methode gäbe es.

WOMM
Pädagogische Aufnahmeprüfung Komplettlösung
Arbeiten Sie das hier durch!
Isuzu Osaka...
WACK
... Sie werden Lehrer!
??
...
Pädagogische Aufnahmeprüfung Komplettlösung
Pädagogische Aufnahmeprüfung

Wa... Hä??
Die Schule des Opfers sucht dringend Lehrer.
Nach so einem grauenhaften Vorfall ist es kein Wunder, dass Lehrkräfte kündigen.
Also...
... habe ich dafür gesorgt, dass Sie ein Vorstellungsgespräch bekommen.
Wie soll das gehen? Ich habe gar keine Erfahrung!
Jetzt passen Sie mal auf!
Es stehen Schülerleben auf dem Spiel.
Sie werden das durchziehen und wenn sie dabei draufgehen!
TSCHILP
TSCHILP
Drei Tage später, der Tag des Vorstellungsgesprächs...
Ja...
Ich arbeite seit fünf Jahren als Leher...
... und habe bereits in jeder Jahrgangsstufe Klassen betreut. (Riesenlüge)

Ich ...
... weiß von dem Vorfall.
Bei dem Gedanken, wie anstrengend es für Sie sein muss...
... sich um den mentalen Zustand der Schüler zu kümmern, konnte ich nicht herumsitzen.
GNH
Ich bin körperlich ziemlich fit...
... Sie können mir also auch harte Arbeiten übertragen!
Gut gemacht.
Arbeitsvertrag

Wir beginnen heute mit den verdeckten Ermittlungen an der Ryokyo-Oberschule.
Osaka wird sich als Lehrer...
... und Baroque als Schülerin...
... einschleichen, allerdings nur nachts...
Verzeihung!
Das Umziehen hat etwas Zeit gekostet.
TRAPP TRAPP
TRAPP TRAPP
GLO
TZ

Baroque, du musst deine Ohren und deine blonden Haare verstecken!
DZUBACK
Und Ihr Outfit wurde komplett abgelehnt, Osaka!
Was?!
SEUFZ
Ihr fallt viel zu sehr auf! Zu hübsch, alle beide!
Ich trage Anzug und Brille!
Was ist da das Problem?!
Es ist ein Riesenproblem.
Sollen sich alle in Sie verlieben?
Was machst du für ein Gesicht?
GRRR
Isuzu ist doch vollkommen in Ordnung!
Du solltest sein Problem als Allererste bemerken!
Hör gut zu!
Unterweisung.
Osaka ist jung. Er hat hübsche Gesichtszüge, einen trainierten Körper…
FLÜSTER
… und obendrein trug er in seiner Zeit bei den Sicherheitskräften den Spitznamen…
… »Charmeur«.
FLÜSTER
Lass so etwas mal auf eine sentimentale Herde Schüler los!
FLÜSTER

Wie alt sind Sie??
Sind Sie verheiratet??
Ich kann mich nicht mehr bewegen!
Spielen Sie Fußball mit uns?
WAH
* Vorstellung
Sie werden ihn sofort zu ihrem Spielzeug machen.
Für die verdeckten Ermittlungen...
... müssen Osakas Qualitäten vollständig ausgelöscht werden.
Dieses Outfit meinst du nicht ernst, oder?
Isu-zu...
Ähm, was um Himmels willen...
Jetzt ehrlich, was ist denn passiert?!
4:30 morgens
Ähm...

Sehe ich so nicht etwas schlampig aus, Baroque?
Du siehst toll aus.
...
Du wirst von jetzt an...
... in der Schule die Aktivitäten des Gurus Baroque untersuchen...
Ryokyo-Brücke in 1 km
... und für die Sicherheit der Schüler sorgen.
Ich werde nachts zu dir stoßen.
Hast du dir schon überlegt, in welche Richtung du ermitteln willst?
Ja.
Eine große Anzahl von Personen vertraut einem Vampir, der eigentlich Menschen angreift. Das heißt...

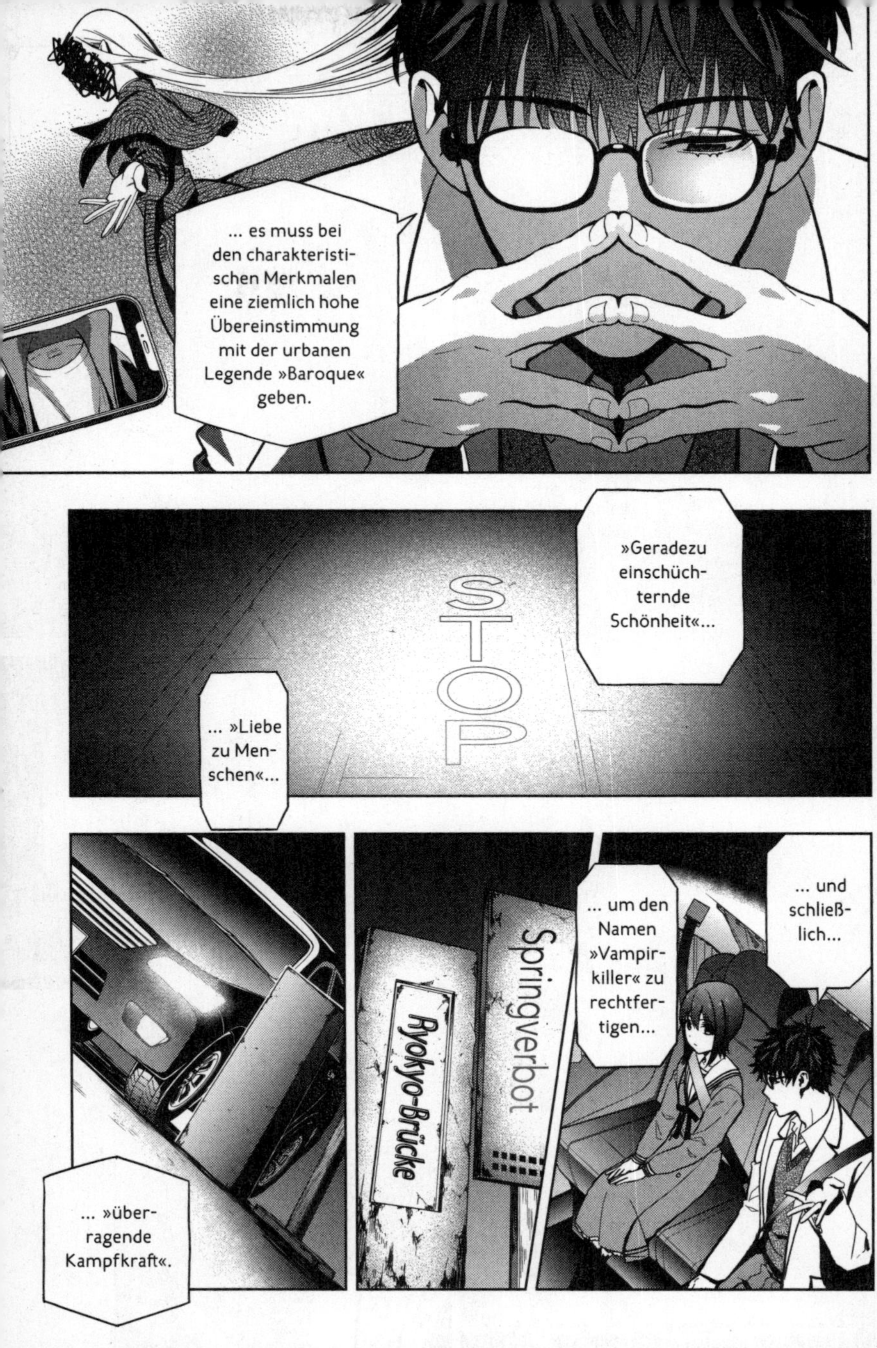
... es muss bei den charakteristischen Merkmalen eine ziemlich hohe Übereinstimmung mit der urbanen Legende »Baroque« geben.
»Geradezu einschüchternde Schönheit«...
STOP
... »Liebe zu Menschen«...
... und schließlich...
... um den Namen »Vampirkiller« zu rechtfertigen...
Springverbot
Ryokyo-Brücke
... »überragende Kampfkraft«.

FRÖSTEL

Bitte halten Sie sofort an!!
Hä?!
Was haben Sie denn plötzlich?
KRUIK
Baroque, dieses Frösteln...
Ich fürchte, wir sind hier...
BRZZ
... im Territorium eines »Fluch-besessenen«.
BRZZ
»Fluchbe-sessen«?! So wie der, der Shibuya in Schutt und Asche gelegt hat?!
Das sind besonders gefährliche Vampire, nicht wahr ...?
Ja...
Dieser Druck richtet sich gegen mich.
Eine Warnung, dass ich nicht weiter in seinen Herr-schaftsbereich eindringen soll...
Isuzu...
?

Ich kann nicht weiter mitkommen.
!
Wenn wir den Gegner unnötig reizen...
... ruinieren wir damit unsere verdeckte Operation, die wir...
... mit so viel Mühe geplant haben.
Entschuldigung. Von hier ab...
... gehe ich allein weiter.
Bitte bringen Sie Baroque zurück.
Was?!
Ist das Ihr Ernst?!
Sie ganz allein und unbewaffnet, das ist doch viel zu gefährlich!

Ach, ich bin an lebensgefährliche…
… »Baroque«-Ermittlungen gewöhnt.
Isuzu, warte kurz.
?
Ich möchte, dass du sie…

... mit-
nimmst.
Was?
Ich soll Ruby...?
Als Talis-
man.
Sie wird dich sicher beschützen.
Okay...

ほっ
BOFF
Uwah!
Ruby!
Du bist wirklich so unge-stüm!
Hä...?!
Hah?! Was??
Alles in Ordnung, Isuzu?
Ja... ähm...
Ah, richtig, ich hatte es dir noch gar nicht erklärt.

Fluchgegenstände, die aus Fluchbesessenen hergestellt sind...
... besitzen einen eigenen Willen.
Ei...Einen Willen...?!
BTS
CHHH
Bitte behandle sie wie eine Lady!
Ruby! Denk nicht, dass ich dich Isuzu übergebe!
Ich möchte, dass du mit ihm zusammen einen Spaziergang machst und ihn wieder zurückbringst.
Es gibt niemanden sonst, auf den ich mich verlassen könnte.
Verstehst du?
O...Ob das gut geht...?

Sie ist be-reit...
... dich zu begleiten, Isuzu.
Bitte kommt unversehrt zurück, alle beide!

Guten Morgen, Herr Lehrer!
STRAHL
Morgen ...!
Morgen!
Morgen!
Ich war ziemlich angespannt, weil man mir gesagt hatte, dass die Schüler Anhänger des Gurus Baroque sind, aber...
... diese Reaktion war doch erstaunlich normal...

An dem Kerl haftet der Geruch eines anderen Vampirs.
Also ist er der Maulwurf …
Fortsetzung folgt…

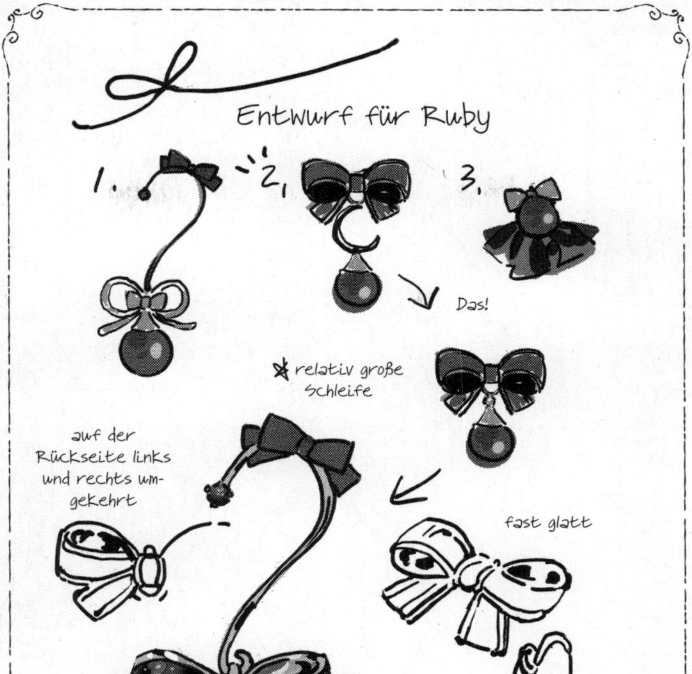

Design: Koha

Das Design hat eine modeaffine Freundin für mich entworfen, die ein Fan von Ruby ist. Es ist ein Ohrhaken, doch damit man ihn abnehmen und mit sich herumtragen kann, hat sie ihn schlicht und Ruby-mäßig zugleich designt…!

Im nächsten Band
Ich bin froh, dass ich eingestellt wurde...
Die Schüler werden ihn nicht ernst nehmen...
Verwandlung zum Loser-Pauker an der Schule, in der sich der »Guru Baroque« eingenistet hat!
Ich hab das Heft mit meinen Tafelbildern nicht dabei...
POLTER
Was ist denn mit dem los?
KRACH
!
Cringe!
Die Baroque-Anhänger sind verwirrt...
Was hast du denn, Temari?
Wie konnte das Ass der Sicherheitskräfte...
... so auf den Hund kommen...?
entsetzt

?
Ah!
ZACK
Isuzu stellt eine Falle auf, um den Fake-Baroque hervorzulocken.
Okay, der Köder ist ausgelegt.
Was ist das Ziel des Vampirs, der sich als »Baroque« ausgibt…?!

My Dear Curse-Casting Vampiress

ist eine japanische Serie, die originalgetreu von »hinten« nach »vorne« und von rechts nach links gelesen wird! Schlagt das Buch also »hinten« auf und blättert Seite für Seite nach »vorne« weiter! Auch die Bilder und Sprechblasen werden von rechts oben nach links unten gelesen, wie es in der Grafik gezeigt wird! Wir wünschen gute Unterhaltung!

HAYABUSA
Carlsen Verlag GmbH · Hamburg 2023
Aus dem Japanischen von Antje Bockel
BOKU NO NOROI NO KYUKETSUKI vol.2

First published in Japan in 2022 by SQUARE ENIX CO., LTD.
German translation rights arranged with SQUARE ENIX CO., LTD. and Carlsen Verlag GmbH through Tuttle-Mori Agency, Inc.
Logoentwicklung: Peter Mrozek
Redaktion: Germann Bergmann
Herstellung: Maria Niemann

ISBN: 978-3-551-62366-9

FSC
www.fsc.org
MIX
Papier | Fördert gute Waldnutzung
FSC® C083411